AF363873

VENTE DU MERCREDI 13 MARS 1895

HOTEL DROUOT, SALLE N° 7

à trois heures

TABLEAUX

modernes

AQUARELLES ET DESSINS

COMMISSAIRE-PRISEUR	EXPERT
Me LÉON TUAL	**M. PAUL DETRIMONT**
56, rue de la Victoire, 56	35, avenue de l'Opéra, 35

LO SOBIRÀ PODER DEL ART

CATALOGUE

DE

TABLEAUX MODERNES

Aquarelles et Dessins

PAR

Berne-Bellecour, Boudin, Boulanger,
J. L. Brown, Chaigneau, Chaplin, Corot,
J. Dupré, Detaille, V. Gilbert, Harpignies, Ingres,
Jongkind, Lancret, Lhermitte, Montenard, de Neuville,
Pissarro, Raffaëlli, Th. Rousseau, Sain,
Sisley, Veyrassat, Watelin, Worms, etc.

Tableau important de **J. B. JONGKIND** (Salon de 1864)

DONT LA VENTE AURA LIEU

HOTEL DROUOT, SALLE Nº 7

Le Mercredi 13 Mars 1895

A TROIS HEURES

EXPOSITION PUBLIQUE

Le Mardi 12 Mars 1895, de 1 heure 1/2 à 5 heures 1/2

COMMISSAIRE-PRISEUR	EXPERT
Mᵉ Léon TUAL	**M. Paul DETRIMONT**
56, rue de la Victoire, 56	35, avenue de l'Opéra, 35

CONDITIONS DE LA VENTE

Elle sera faite au comptant.

Les Acquéreurs paieront *cinq pour cent* en sus du prix d'adjudication.

Paris. — Imp. de l'Art, F. Moreau et Cⁱᵉ, 41, rue de la Victoire.

DÉSIGNATION

TABLEAUX

ARUS

1 — *Soldat battant du tambour.*

Panneau.

Haut., 2 m. 29 cent.; larg., 10 cent.

ARUS

2 — *Grenadier dans la neige.*

Panneau.

Haut., 12 cent.; larg., 10 cent.

BOUDIN (E.)

3 — *Le Port de Bordeaux.*

De tous côtés règne une grande activité ; les quais sont remplis de haquets et de marchandises que des hommes sont occupés à charger et à décharger sur les navires amarrés.

Très beau tableau.

Toile. Haut., 50 cent.; larg., 73 cent.

BOULANGER

4 — *Le Baiser.*

Provient de la vente après décès de l'artiste.

Haut., 66 cent.; larg., 44 cent.

BROWN (J. L.)

5 — *Le Vainqueur de Berny.*

Toile. Haut., 60 cent.; larg , 48 cent.

CHAIGNEAU

6 — *Paysage.*

Panneau.

Haut., 24 cent.; larg., 40 cent.

CHAIGNEAU (F.)

7 — *La Rentrée à la ferme; effet de lune.*

Panneau.

Haut., 55 cent.; larg., 46 cent.

CHAIGNEAU (F.)

8 — *Bord de la mer.*

Panneau.

Haut.; 24 cent.; larg., 33 cent.

COROT

9 — *Paysage.*

Panneau.

Haut., 10 cent.; larg., 14 cent.

DUPRÉ (Jules)

10 — *Paysage; effet d'orage.*

Haut., 26 cent.; long., 34 cent.

DUPRÉ (Jules)

11 — *Le Pont.*

Toile. Haut., 55 cent.; larg., 45 cent.

GILBERT (Victor)

12 — *« Dimanche. »*

Haut., 46 cent.; larg., 37 cent.

GILBERT (Victor)

13 — *Étude d'intérieur.*

HARPIGNIES

14 — *Paysage.*

Haut., 21 cent.; larg., 46 cent.

JONGKIND (J. B.)

15 — *Souvenir de la Vieille Tour construite en 1580 et démolie en 1869 à l'entrée de Rotterdam, effet de lune.*

Tableau important, signé et daté 1864.
Salon de 1864.

Haut., 85 cent.; long., 1 m. 17 cent.

MARILHAT

16 — *La Baie de Naples.*

Toile. Haut., 86 cent.; larg., 53 cent.

MONTENARD

17 — *Bateaux.*

Toile. Haut., 57 cent.; larg., 37 cent.

MONTZAIGLE (De)

18 — *La Première au rendez-vous.*

Toile. Haut., 42 cent.; larg., 31 cent.

MONTZAIGLE (De)

19 — *La Confidence.*

Toile. Haut., 27 cent.; larg., 21 cent.

NEUVILLE (Alp. de)

20 — *Tête de cheval.*

Étude provenant de la vente.

PETITJEAN

21 — *Marine.*

Toile. Haut., 24 cent., larg., 43 cent.

PINCHART

22 — *Avant le bain.*

Toile. Haut., 46 cent.; larg., 38 cent.

PISSARRO

23 — *Mère et son bébé.*

Toile. Haut., 41 cent.; larg., 32 cent.

PISSARRO

24 — *L'Entrée de la ferme.*

Toile. Haut., 27 cent.; larg., 23 cent.

RAFFAELLI

25 — *Le Chiffonnier.*

Haut., 21 cent.; larg., 9 cent.

RICHTER

26 — *La Devineresse.*

Haut., 1 m. 62 cent.; larg., 1 m. 30 cent.

ROSSI (L.)

27 — *Les Cerises.*

Panneau.

Haut., 37 cent.; larg., 35 cent.

ROUSSEAU (Th.)

28 — *Paysage ; coucher de soleil.*

Étude.

Haut., 10 cent.; larg., 21 cent.

ROUSSEAU (Ph.)

29 — *Le Héron.*

Panneau décoratif.

Toile. Haut., 1 m. 60 cent.; larg., 1 mètre.

ROUSSEAU (Ph.)

30 — *La Truite.*

Toile. Haut., 62 cent.; larg., 1 mètre.

SAIN (Paul)

31 — *Paysage.*

Haut., 53 cent.; larg., 36 cent.

SCHENCK

32 — *La Rafale.*

Toile. Haut., 60 cent.; larg., 88 cent.

SERGENT

33 — *L'Attaque d'une maison.*

Toile. Haut., 1 m. 42 cent.; larg., 1 m. 11 cent.

SISLEY

34 — *Derniers Jours d'automne.*

Haut., 81 cent.; larg., 59 cent.

SISLEY

35 — *Temps de pluie sur le Loing.*

Haut., 65 cent.; larg., 54 cent.

SISLEY

36 — *L'Été au bord de l'eau.*

Haut., 54 cent.; larg., 46 cent.

TOULMOUCHE

37 — *Jeune Femme en prière.*

Toile. Haut., 26 cent.; larg., 21 cent.

VERNON (Paul)

38 — *Le Moulin.*

Haut., 60 cent.; larg., 48 cent.

VEYRASSAT

39 — *Les Deux Amis.*

Toile. Haut., 90 cent.; larg., 1 mètre.

VEYRASSAT

40 — *L'Ile Barbier.*

Panneau.

Haut., 17 cent.; larg., 27 cent.

VILLEGAS (De)

41 — *A sa toilette.*

Toile. Haut., 54 cent.; larg., 33 cent.

WATELIN

42 — *Après la pluie.*

Toile. Haut., 28 cent.; larg., 40 cent.

WEBER (Th.)

43 — *Marine.*

Toile. Haut., 33 cent.; larg., 53 cent.

WORMS

44 — *Jeune Femme époque Empire.*

Haut., 27 cent.; larg., 20 cent.

ZACHARIAN

45 — *Fruits.*

Haut., 33 cent.; larg., 40 cent.

AQUARELLES ET DESSINS

BERNE-BELLECOUR

46 — *Les Mobiles au rempart.*

Dessin à la plume.

BERNE-BELLECOUR

47 — *Mousquetaire.*

Dessin à la plume.

BETHUNE

48 — *Paysage.*

Aquarelle.

BOUDIN

49 — *Le Fond du port de Rotterdam.*

Aquarelle.

BOULANGER

50 — *Étude de femme.*

Sanguine.
Provient de la vente après décès de l'artiste.

CHAPLIN

51 — *Le Rêve.*

Sanguine.

Provient de la vente après décès de l'artiste.

COLEMAN

52 — *Le Dernier Né.*

Aquarelle.

DETAILLE

53 — *Dessin à la plume.*

54 — *Dessin à la plume.*

INGRES

55 — *Portrait à la mine de plomb.*

JONGKIND

56 — *L'Escaut ; coucher de soleil.*

Aquarelle signée et datée à droite 1883.

LANCRET

57 — *Croquis de deux personnages ; hiver.*

Musée du Louvre.

LÉVY (ÉMILE)

58 — *Enfants.*

Sanguine.

Provient de la vente après décès de l'artiste.

LÉVY (ÉMILE)

59 — *Paysan breton.*

Pastel.

Provient de la vente après décès de l'artiste.

LHERMITTE

60 — *L'Écurie.*

Fusain.

LHERMITTE

61 — *Le Chantier.*

Fusain.

LHERMITTE

62 — *L'Alambic.*

Fusain.